이런 느낌 2

정하경

이런 느낌 2

프롤로그

새벽까지 꼬실꼬실 글을 지어 쌀 독을 채웠다
얼마나 더 많이 읽고
얼마나 더 많이 쓰고
얼마나 더 많이 뒤척거려야 하는 걸까?

밤새 구속되었던 뼈들에게 생기를 불어넣기 위해
나는 의자를 뒤로 밀치고 일어나 기지개를 편다

여기저기 분산되어 있던 뼈들이 우두둑 우두둑
얕은 굉음을 내며 본연의 자리를 찾아 돌아간다

이렇게 하루는 또 시작된다

글쓰기는 외로움과 밀접한 관계를 가지고 있다
얼마나 외로움에 시달렸느냐에 따라
작품의 깊이를 가늠할 수 있으며

정제되지 않은 투박한 언어들을 모아
다듬고 매만져 정갈하고 단아하게
찬기에 담아내는 것이 작가들이 하는 일이다

내 눈과
내 머리와
내 가슴이 허락하는 만큼만
읽고 쓰다 가자

용량이 미천한 내가 욕심은 금물이다

나는 지금 누군가의 입에 들어갈 음식을 만들었다
누군가 내가 만든 음식을 먹으므로
생명을 연장하고 유지한다는 생각에 이르면

나는 큰 보람과 행복에 젖을 것이다

글 또한 그러하다
내가 지은 글이 누군가에게 응원의 글이되고 꿈이 된다면
나는 글을 짓는 사람으로서 더 이상의 기대는 없을 것이다

산다는 것은
밀물처럼 밀려오는 사건들과 조우하는 것
힘 빼고 살았으면 좋겠다

목차

어른은 어른 다워야 합니다

나이가 들면서 경계해야 할 것은
단언컨대 예의와 염치가 실종된
오지랖이라 말할 수 있을 겁니다

오지랖이란
마치 세상의 모든 이치를 섭렵한 양
타인의 감정에 개입
미주알 고주알 관여하는 것을 말합니다

나이들어 존경은 사양하겠습니다
그러나 늙어서 젊은 사람들의 조롱거리로
낙인되지는 않아야 할 것입니다

늙는 것은 내 잘못이 아니나
늙어 웃음거리가 되는 것은
분명 본인의 잘못입니다

어른은 어른다워야
어른 대접을 받을 수 있습니다

가을과 시인

가을의 소임을 마치고
떨어진 낙엽 위로 비가 내리고

떨어져 쌓인 낙엽 속으로
빗물이 스며든다

그 위로 또 다시 낙엽은 떨어지고
또 다시 빗물은 스며들고...

어쩔 수 없다

이 가을에는
시인이 될 수 밖에

고수가 되자

모든 게임은
대부분 실수가 적은 쪽이 이긴다

실수가 적다는 것은
과한 욕심을 통제했다는 의미이다

조금만 소심하고
조금만 참을 줄 알면
우리는 성공이란 고수의 반열에 참여할 수 있다

욕심을 단속할 줄 아는 사람이
진정한 고수이다

오월의 장미

칭찬은 입으로 하는게 아니고
지갑을 여는 것이다

자주 넉넉하게
지갑을 열면 근사하겠지만

과하면 고마움은 고사하고
당연한 권리로 변질될 확률이 높다

과유불급이라는 사자성어는
어디에 편성해도 오월의 장미같다

성장

혼자 있어야 성장합니다
절대적 고독과 외로움에 치를 떨어봐야

자신의 살아온 삶을 돌아보고
성찰하며 깨달음에 근접합니다

고립무원
낙목한천은 내 성장의 동력입니다

도전

완벽한 준비는 없다
다소 준비가 미흡하더라도
조금씩 수정하고 보안하며 진행하는 것이 유익하다

하다보면
자연스럽게 성취되는 것이 성공이다

생각만으로 성공을 탐하는 것은
게으르고 무지한 자들의 오류이다

去去去 中知 行行行 裏覺
가고 가다 보면 알게 되고
행하고 행하다 보면 깨닫게 된다

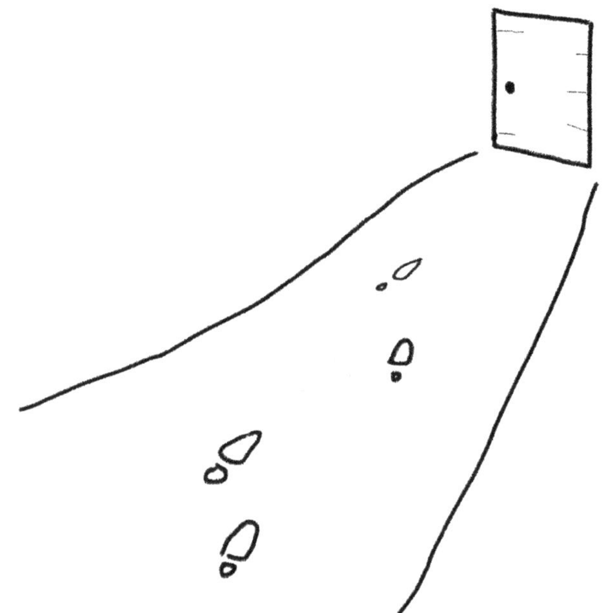

똥 팩

세상이 제아무리 저급해도
사랑을 조건으로 흥정하는 것은
비열하고 천박한 행위입니다

그런 사람들에게는
○ ○ 화장품 회사에서 개발한 신상품
똥으로 만든 팩을 강력 추천합니다

그 사람

그 사람이 만나는 사람들을 보면
그 사람의 연봉과 직업을 알 수 있고

그 사람이 구사하는 어휘를 보면
그 사람의 지식 수준을 알 수 있으며

그 사람의 언행을 보면
그 사람의 도덕성을 알 수 있듯이

그 사람의 얼굴을 보면
그 사람의 살아 온 인생을 알 수 있습니다

안다는 것

하루살이에게 사계절을 설명할 수 없고
세 살 먹은 아이에게 인생을 말할 수 없습니다

아는 만큼 보이며
아는 만큼 생각하며
아는 만큼 삽니다

끝

도시는 끊임없이
나와 타인을 비교하며 경쟁하는 공간입니다

삶의 진정성이
매몰된 몰인정하고 비신사적인 공간입니다

인정도 감동도 없이
비인간화를 강요하고 생산하는 공간입니다

그래서
나는 도시를 떠나기로 결정했습니다

내가 도시를 버렸던
도시가 나를 버렸던
무조건 떠나는데 합의를 했습니다

지금부터는

지금까지는
살고 남는 시간에 책을 읽고 글을 지었다면

지금부터는
책을 읽고 글을 쓰고 남는 시간에 살기로 했다

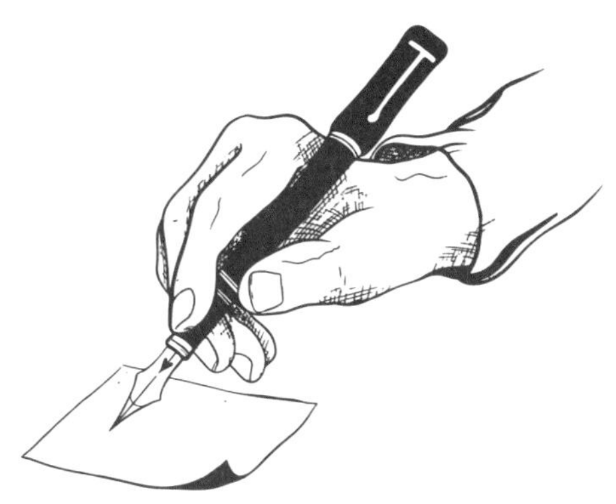

그 사람이 당신이어서 참 고맙습니다

아귀다툼이 보편적 일상인
각박한 이 세상에서

나와 같은 생각을 소지하고
내가 가는 길을 인정하고 응원해주는 사람을
만나는 것은 큰 행운이 아닐 수 없습니다

그 사람이
당신이어서 참 고맙습니다

용서하십시오

살다보면
달아도 뱉어야 할 때가 있고
써도 먹어야 할 때가 있습니다

더러워도 봐야 할 때가 있고
정의로워도 피해 가야 할 때가 있습니다

알면서도 모르는 체
모르면서도 아는 체
그렇게 살아야 할 때가 많습니다

용서하십시오
의지대로 살 수 없는게
우리의 삶인 듯 싶습니다

희망

한치 앞을 내다 볼 수 없는
깜깜한 밤 길을 걸을 때

내 머리 위로 쏟아지는
노오란 달빛

당신입니다

책 읽고 천국 갑시다

요즘 책 읽을 시간은 좀 있으세요?
요즘 어떤 책을 읽으세요?

책을 전도하는 건
예수 천국 외치는 것 보다 힘들다

소중한 사람

소중한 사람과의 만남은
비록 5월의 장미처럼
아름답고 화려하지는 못해도

은은한 눈빛만으로도
가치를 충분히 증명할 수 있습니다

이제는 그만해도 될 것

책임이란 번거롭고 거추장 스러운 심리적 병폐입니다
나의 행위에 대한 보복성 비난일 수도 있습니다

책임은 평온한 일상을 파괴해 개인적 안락감을 몰수하며
그로인해 균열된 일상은 삶의 질서를 집요하게 벌목합니다

가급적 관계를 소멸해야 합니다
살아야 하기에 피할 수 없는 만남은 유지하되

관계를 최소화 하므로서 환영받지 못할 치명적인
책임으로부터 자유로워야 합니다

그래야 밀도있는 삶을 보장받을 수 있습니다
관계란 존재감이 희박할수록 삶의 질은 경이로워 집니다

오래 살아도

이순의 나이에
수십 번 수백 번 겪었으면
익숙해질 만도 한데

여전히 허둥되고 서툴러
이제는 안타깝다 못해 지쳐

늙는 것도 서러운데
이 참담함을 어쩌지

Don't try

너무
잘 하려 들지마

지금도
충분히 잘하고 있어

그니까
쉬엄 쉬엄해

하다
힘이들면

내려놔도
괜찮아

조금
늦으면 어때

모른다

평생 모른다는 말을 모르고 살아온
이어령 교수도 죽음을 목전에 두자
인생은 모른다 정말 모른다고 고백했다

우리는 많은 것을 아는 것 같아도
결국은 하나도 알지 못한다는 사실을 깨닫게 된다

그렇다 인생은 앎보다 모름의 공부다
모름을 하나 하나 인정하고 수용하며 살아가는 것이다

관계

모든 갈등과 다툼은 관계에서 발현되며
때로는 배신 반목 증오 이별이라는 지울 수 없는
극단적인 싱흔을 남기기도 한다

이러한 악재를
원천 차단할 수 있는 방법은 없는가?

관계를 최소화 하는 것이다
열 번 만날 사람 다섯 번 만나고
한 두 번 만날 사람 문자나 톡으로 대신 하며

상면할 기회를 가능하면 제공하지 않거나 차단하는 것으로
꼭 필요하지 않은 만남은 사양한다는 의미이다

조금 삭막해 보이기는 해도
상호간 거리를 두므로서 경계하는게
나를 보호하는 동시에 상대방의 품위를 지켜 주므로서

상호간의 건강한 관계를 유지하며
풍요롭고 밀도있는 삶을 보장한다면
이보다 아름다운 행위는 없으리라 믿는다

필승

허리가 아프면
온통 세상이 의자로 보여

그런데
아파야 눈이 띄이고
세상에 감사할 줄 안데

그니까
아파도 조금만 참아

어른 타령

이제 어른 타령은 집어쳐
나이 먹은 게 무슨 자랑이라구
그리 유별을 떨어

어른 대접을 받으려면
어른다움을 보여줘

어른의 기준이 나이야?
세상을 어떻게 나이로 셈을 하지

내가 아는 어른의 기준은
양보하고 이해하며 배려하는 그릇이 넓고 깊은 사람이야

동의하지 않아도 괜찮아
네 인생이니까

유배지에서 보내온 편지

"애걸 한다고 무슨 보탬이 되겠느냐?
살아서 고향 땅을 밟는 것도 운명이고
죽어서 고향 땅을 밟는 것도 운명이니
마음 편히 먹고 세월을 기다리는 것이 순리가 아니겠느냐?"

이 말은 큰 아들 학연이 아버지의 유배 생활이 안타까워
당시 조정의 실권자에게 항복을 하고
선처를 부탁하자는 내용의 편지에 대한 회신 내용 중 일부이다

정약용은 절조를 강조했고 간사함을 멀리했다
비록 지금의 모습이 초라해도 간교함을 삼가했다

나라를 위한 길이 달랐을 뿐인데

어느 한쪽은 부귀영화를
어느 한쪽은 굴욕과 멸족을 가져왔다

가짜 인연

보이지 않는 인연은 모두 가짜 인연이다
몇 년에 한 두 번 만나는 인연이 무슨 인연인가?
매일 아침 만나 안부를 묻는 들 풀 만도 못하다

회자정리

만남은 이별을 전제로 구성되니
이별은 아파할 일도 눈물을 흘릴 일도 아니다

해서는 안될 나쁜 이별은

갈기갈기 찢겨져 만신창이가 된
사람을 앞에 두고 이별을 선언하는 것이다

이별은 만남보다 더 아름다워야 하는데
가슴에 오래 오래 비수로 남아서는 안된다

혼자 걷겠습니다

여기까지
당신과 함께 했다면

지금부터는
혼자 가겠습니다

잘 갈 수 있을지
염려스럽고 두렵기는 해도

나의 선택이
틀리지 않았음을 입증해 보이겠습니다

고해성사

유쾌하지 않은 섹스는 고문이다
차라리 혼자서 해결하는 편이 옳다

섹스는
상호간 진정성있는 육체적 언어이자 고해성사이다

원초적 감정을 적나라에게 몸으로 표현하므로서
상호간의 신뢰를 극대화하는 것이다

잠깐 품위와 예도를 내려놓고
둘만의 정사에 몰입 파격적인 축제의 장을 만드는 것이다

거친 호흡과 등줄기를 타고 흐르는
땀 냄새에 집중해야 하는 것이다

섹스는 사랑의 표현 방식 중
가장 위대하고 고결하며 순수한 연출이다

제군들이여 섹스를 찬양 할지어다

바람이 차다고

나는 지금 잘 살고 있는 건지
지금까지 잘 살아온 건지
불현듯 나에게 물어볼 때가 있다

이러한 물음은
대부분 큰 난관에 봉착해
전전긍긍할 때 자책하듯 묻는다

베품이 적어
이런 시련을 겪는구나 싶은게
후회와 상심으로 자책의 밤을 보내길
몇날 며칠

나만 이런게 아닐거야
아마 다들 이렇게 살지 않나

멋쩍게 의문을 던져놓고
돌아누워 눈을 감는다

바람이 차다고 문 닫지 않길...

나이가 든다는 것은

나이가 든다는 것은
만나는 인연보다 이별하는 인연이 많으니
예정된 이별에 당황하지 않는 거다

나이가 든다는 것은
새로운 인연을 확보하는 것보다
기존의 인연에 몰입하는 것이다

나이가 든다는 것은
웅변보다는 경청에 귀 기울이며
오지랖에 제동을 거는 것이다

나이가 든다는 것은
대범함이나 너그러움보다
옹졸함이 득세하니 서운함을 많이 억제하는 것이다

나이가 든다는 것은
내 몸과 정신이 예전 같지 않으니
나를 인정하고 수용하며
주위의 배려에 감사하는 마음을 갖는 것이다

나이가 든다는 것은
죽음에 근접해 감을 시사하니
죽음에 관한 고민도 게을리하지 않아야 하는 것이다

우정

분명
내가 심했다

굳이 하지 않아도
될 말을 뱉어 내고야 만 것이다

헤어져 돌아오는 내내
발길이 무거웠다

집으로 돌아와
책상과 마주앉아 있기를
한 시간쯤

친구로부터
문자가 도착했다

난 괜찮아
속상해 하지마
우리 친구 맞잖아

굵은 눈물이
두 볼을 타고 흘러 내렸다

출생신고

아침에 눈을 뜨면
사대육신 오장육부의 기능 여부를 확인 후
안도의 숨을 내쉰다

감사합니다
오늘도 하루 최선을 다해 살아보겠습니다

부부

예전에 운동회나 야유회를 하면
빼 놓 수 없는 추억의 게임이 하나 있었습니다

파트너 끼리 발을 끈으로 묶고
달리는 게임인데요

한 사람이 먼저 발을 내딛거나
한 사람이 늦게 발을 떼면
서로 발이 엉켜 영락없이 넘어지고는 하지요

넘어진 것을 수습하다 보면
다른 팀들은 훌쩍 앞서 가고는 맙니다

이 게임을 잘 할 수 있는
포인트는 호흡입니다

서로 말을 주고 받으며
눈짓을 하며 호흡을 해야 하는 거지요

빨리 가려 해서는 안됩니다
조금 늦어도 안정된 보폭으로
천천히 한발 한발 내딛는 거지요

이렇게 가다 보면 넘어지지 않고
목표 지점까지 무사히 도착할 수가 있지요

성공하는 사람들의 특징은

실수를 철저히 제거하는 겁니다

실수는 잘하려는 욕심에서 비롯되는 것이니
본질은 욕심이 되겠군요

조금 늦는다고
세상 달라지지 않습니다

애쓰지마라

나도 나를 잘 모르는데
내가 남을 변화 시킨다는 건
망상에 가까운 발상이다

행여 변화가 있었다면
나의 개입으로 인한 변화가 아니라
본인의 노력으로 달라진 것이다

사람은 변하지 않는다

애쓰지 마라
관계만 뒤 틀린다

명분과 공짜의 함수

당신이 밥 값을 내고
당신이 술 값을 내고
당신이 커피 값을 내도 괜찮습니다

단 명분이 있어야 하며
명분이 적절하지 않거나
타당하지 않는 것은 100% 허세입나다

허나
밥 값
술 값
커피 값 신세 졌으면

고마움은 고사하고
적어도
뒷담화는 하지 않아야 합니다

내 돈이 소중하면
남의 돈도 소중 합니다

남의 돈 함부로 하는 사람치고
성공한 사람 못 봤습니다

개

나는
평소에 끌적 끌적 메모하는 습관이 있다

어제 이야기다
오랜만에 지인들과 만나 술잔을 주고 받다보니
과다복용하여 대취하고 말았다

아침에 일어나
머리맡에 놓여진 메모장을 들여다 보았다
깨알같은 글씨로 가득 채워진 메모가 눈에 들어 왔다

중요한 건 메모한 기억은 고사하고
글씨 형태를 알아보기 힘들다는 것이다
한참을 가만 가만 해부하듯 들여다 보았다

다시 술 먹으면 개 다

침묵

내가 입을 다물고 침묵하는 건
할 말이 없어서가 아니고
말을 할 줄 몰라서도 아니다

입과 혀는 재앙의 근원이니
입 밖으로 튕겨져 나온
말에 대한 부채감이 크기 때문이다

내 방식대로 해석하고 가공된 말이
무성하게 내 주위를 떠돌며
나를 압박할 것이기에

나는 사전에 그 여지를 차단하기 위한
방어기제로 침묵을 선택한 것이다

말은 득보다 실이 크니
침묵의 위대함에 감사하며 수행하듯 살아가는 게다

글쓰기란

글쓰기란
손 끝에서 탄생 되어진
언어들이 점에서 줄로 확장되어
투명한 원고지에 뚝뚝 피를 떨구는 일이다

심장이 파열되어
몸 밖으로 튕겨져 나가는 듯한
고통의 날들을 견뎌내는 인고의 날들이다

미미한 보상을 받고
얼마나 많은 아픔을 개어 내야 하는지
알면서도 차마 손을 떼지 못하는 작업이다

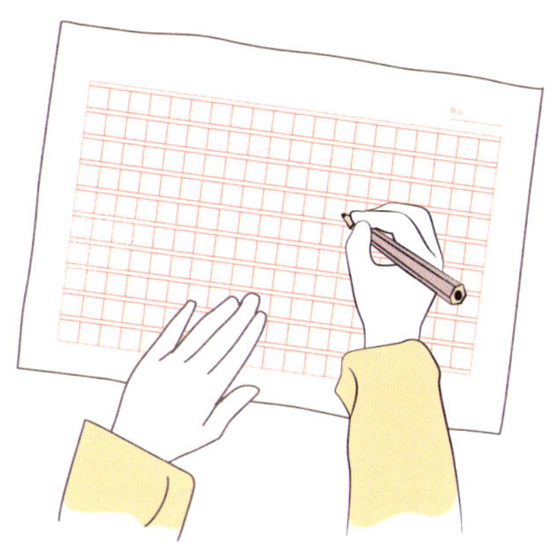

인생1

이제는
아는 사람보다
모르는 사람이 더 많아져 간다

이제는
쓸모라는 영역에서
배제되어져 가는 것일까?

순리라는 언어의 비정함이
낙엽이 되어 발등 위로 내려 앉는다

바람이 차다
정녕 가을은 가는 것일까?

저녁메뉴

수 천년간 지속되어 온
삶에 관한 연구 결과는
모름. 정답 없음으로 압축 결론지어졌다

이순의 나이에
나는 인생을 이렇게 정리했다

어떻게 살지
인생이 무엇인지 고민할 시간에
저녁 식탁에 오를 메뉴나 구상하기로

입장차이

늑대를 쫓아 낸 양치기의 개입을
양들의 입장에서는 자신의 생명을 지켜주고
자유를 선물한 사람이라 고마워 할지 몰라도

늑대 입장에서는 생계를 위협하고
삶을 파괴한 파렴치한 자라 비난할 것이다

양들이 취득한 자유와
생존권을 착취당한 늑대의 입장
그리고 직업에 충실한 양치기의 입장은
상호 개인 차가 있는 것이다

적자생존 시대에
개개인의 입장을 존중하며 살아갈 수 있는 순수한 마음을
갖은 사람이 지구상에 몇몇이나 있을까 싶다

애국

자유를 오,남용하고 훼손하는 자를
사회는 자유를 박탈하는 동시에 불이익을 준다
자유를 박탈한다는 것은 인간의 기본권 멸종을 의미한다

자유가 법의 범위 안에서 존재하는 이유는
독재자의 의지가 교묘하게 개인의 자유를 찬탈하기 때문이다

법은 행위의 일정 부분을 통제하며
그 안에서 생성된 질서를 베이스로 존속된다

국가가 지켜야 할 필연적 의무는
공공의 자유를 농락하는 반 사회적 사람을 격리하는 것이다

국민이 국가를 두려워 할 때 독재가 등장하고
국가가 국민을 두려워 할 때 자유의 꽃이 핀다

국가는 어떠한 경우에도
국민의 머리위에 군림해서는 안된다

민주주의 주인은
대통령도 국회의원도 정부 관리자도 아니다

애국심은 내가 태어난 이 나라가
다른 나라보다 더 훌   하다는 믿음을 생산하는 것이다

애국심은 국가를 옹호하는 것이 아니라
국가를 사랑하는 것이다

우리는 부자나라 보다는 가난하지만
자유로은 국민이 되고 싶은 것이다

사람의 위대함을 키로 평가 할수 없는 것 처럼
국민의 위대함을 머리수로 평가할 수 없는 것이다

의심

나는 아직도
뽀송뽀송한 꿈을 꾸며 살
아가고 있는데
남들은 나에게 어른이란다

나는 정말 어른인가?

인생2

얼마나 좋은가
올해도 가을을 만나니

이 아름다운 가을을
내 생애 몇 번이나 더 만날 수 있을까?

식자우환

모르는 건 재앙이고
아는 건 우환이다

가다보면 알게되고
행하다 보면 깨닫게 될 것을

모르는게 지당하고
서툰게 당연하다

취하기 나름

누구는 술에 취하고
누구는 책에 취합니다

술에 취하면 몸이 상하지만
책에 취하면 영혼이 맑아집니다

술에 취하든
책에 취하든

당신의 선택입니다

나는 도데체 누구입니까?

하루의 대부분을 직장에서 보냅니다
퇴근 후 잔여 시간도 직장과 연관되어 보내지기 쉽습니다

내가 온전한 안식을 보낼 수 있는 시간은
두 눈을 감고 잠자리에 들 때 뿐입니다

나는 도데체 누구입니까?

보고싶다

비가 와서
바람이 불어서
쌉쌀한 커피 생각이 나서

이런저런 이유로
괜스레 보고싶은 사람이 있습니다

바로 당신입니다

꿈을 접는 것도 수행 맞습니다

꿈을 접으니
이처럼 편안한 것을
무엇을 이루어 보겠노라
아귀다툼하며 살아왔는지

오를 수 없는 높이
건널 수 없는 넓이는
포기하는 것도 지혜이다

이루기 벅찬 꿈을 좇아 사는 것 보다
차라리 꿈을 삭제하는 것이 행복하니
이를 수행이라 말한다

달마가 서쪽으로 간 까닭은?

스님
달마가 서쪽으로 간 까닭은 무엇입니까?
제자의 물음에 노승은 말하기를
"앞 뜰에 잣나무가 있으니라"

이 말의 뜻은 이러합니다

자신의 앞 가림도 못하면서
남의 일에 어찌 관심이 많더냐

남의 일에 관여하는 시간에
너에게 집중해라

양동면 둔말길1

이제 미루어 왔던 꿈을 찾아
자본의 논리가 지배하는 회색 도시를 떠나려 합니다

시간이 정지되고 한적함이 머무는 곳
하늘하늘 산 바람이 실개천과
갈대숲을 지나 앞마당 평상까지 단숨에 달려와
송글송글 이마에 맺힌 땀 방울을 진정시켜주는
여유로움이 있는 곳

나는 이제 그 곳으로 떠나려 합니다

낮에는 눈썹 위까지 밀짚 모자를 눌러쓰고
가뿐 숨을 몰아쉬며 밭을 일구고

밤이면
굵은 안경테 넘어로 보이는
별을 세겠습니다

쏟아질 듯한 별들이 삼삼오오 무리져
이산 저산을 넘나드는 산골의 어둠은
감성을 견인하기에 부족함이 없습니다

식은 밥에 신 김치 몇 쪽과
고추장 한 종지가 전부인 저녁 식단은
내가 진정으로 염원한 삶이었습니다

견딜 수 없는 외로움이
내 몸을 겹겹이 에워싸고

고독이 진저리치는 밤이 누적되어도
저항없이 순응하며 감내할 것 입니다

오랜시간 갈망했던 대장정의 시간이 임박했고
그 변곡점 위에 나는 서 있습니다

넉넉한 삶이 될 수는 없을 겁니다
많은 불편함을 감수하고
어김없이 찾아오는 소소한 일상에 감사하며

용기잃지 않고 강단있게
내 삶에 충실할 것을 약속 드립니다

죄송합니다

나는 선생님으로부터
많은 것을 배웠습니다

그러나
배운대로 살지를 못했습니다

아니
살 수가 없었습니다

선생님 죄송합니다

선생님의 가르침과
세상의 가르침은 너무나 달랐습니다

죽음

죽음
그다지 서러워 할 일도
애도 할 일도 아니다

근원이 어딘지 모를
둔하고 무딘 통증이 잠시 다녀갔을 뿐이다

타인의 죽음을 견 눈질 하므로서
자신의 삶을 점검할 수 있는

기회 정도로 생각 되어질 뿐
그 이상이나 그 이하의 감정을 기대해서는 안된다

죽음도 삶의 일부라는 넉넉한 생각이
언제부터인지 내 마음에서 자라고 있었다

글을 쓰는 이유

글을 쓰는 행위는
싱싱한 단어를 발굴하고 배합하고 덜어내는
공정을 수없이 반복하는 행위이자
인내를 입에 물고 견뎌야 하는 고행입니다

어쩌면 내 삶의 언덕이 될 수도 있고
수행자의 길이기도 합니다

어쩌다 글쟁이가 되었고
내 꼬리에 달린 글쟁이라는 명명은
많은 시간이 지난 지금도
어색하고 부담스럽기는 여전합니다

타고난 게으름과 인내 불 충족은
글을 내리는 데 큰 장애로
지리멸멸한 창작 활동에 머물지만
미련이나 기대를 최소화 하자는 게 나의 지론입니다

쓰고 싶으면 쓰고
쓰기 싫으면 과감히 펜을 내려 놓아야 한다는 것이지요

내가 글을 뿌리칠 수 없는 이유 중 하나는
글을 내린 후 찾아오는
알 수 없는 의문의 포만감 때문일 겁니다

다수에게 유통되어 깨달음을 제공하는
능력은 기대하지 않지만
그래도 때로는 어깨를 내어주는 영향력있는
글이었으면 하는 작은 기대를 해보기도 합니다

일상

늦은 아침
자전거를 타고 논과 밭 사이를 지나
10km 남짓 거리에 있는 읍내 도서관에 머물다

낙조 빛 그름으로 온 들판에 꽃 물이 들면
나는 석양을 등에 이고 집으로 돌아온다

어둠이 찾아오는 산골의 밤은
외로울 만큼 평온하며

까만 어둠이 하얗게 변질 되어질 새벽녘에
나는 잠자리에 들 것이다

익숙하게 다가올
또 다른 아침을 기대하며

후회

우리는
경기가 끝난 후
꼭 한마디 합니다

조금만 더 열심히 할 걸

정하경

대충 성실하고
대충 근면하며
대충 완벽을 추구하는 남자

무엇을 하든 약간은 불안하고
무엇을 하든 약간은 답답하며
무엇을 하든 약간은 안쓰러워 보이는 남자

그래도
나름 깔끔해 보이려 애쓰고
나름 예의를 지키려 노력하며
나름 정의롭게 살아보려 부단히 애쓰는
그런 남자

글이 길을 잃다

글이
마침내 길을 잃었다

엄마
엄마 부르며
이곳 저곳을 찾아 헤맨다

눈물이
코 잔등을 타고

하염없이
하염없이 흘러 내린다

용서받지 못하는 자

가난은
죄가 아닙니다

불편하고
짜증나고
답답하고
속상하고
우울할 뿐입니다

맞습니다

출산의 가난은 이해할 수 있어도
노후의 가난은 이해받지 못합니다

꿈 갖고 장난하지 마세요

막연하거나 추상적인 꿈은
꿈이 아니라 망상입니다

꿈은 본인의 분수에 맞게 끔
설정되어져야 하며
현실적이고 구체적이어야 합니다

막연히 부자가 되겠다
막연히 글쟁이가 되겠다
막연히 쉐프가 되겠다는 막연한 설계는
꿈을 기만하는 행위입니다

꿈은 당신의 도피처가 아닙니다
꿈 갖고 장난해서는 안됩니다

작심삼일

하루에 팔굽혀 펴기를 10개씩 한다면
한 달 후에는 몇 개를 할 수 있을까요?

정답은 30개
이유는 작심삼일입니다

우리가 두려워하는 것은
포기이지 좌절이 아닙니다

좌절은 다음이 있어도
포기는 다음이 없습니다

동반자

멀리 가려면
함께 하는 사람이 있는 게
유익하다

혼자가면 멀리 가지도 못할뿐더러
빨리 지친다

그래서
하나보다는 둘이 유리하다

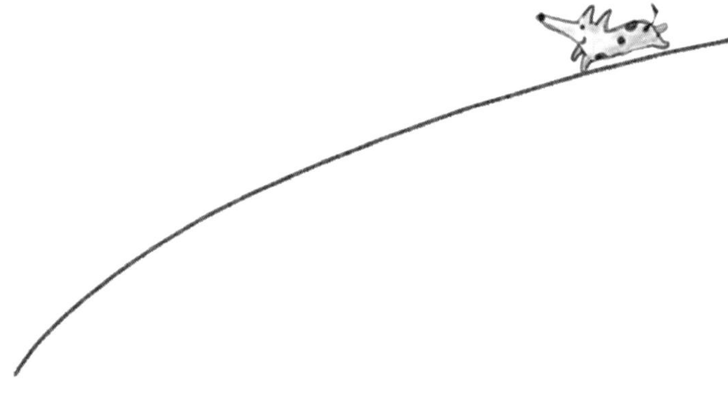

마음대로 읽을 용기

책을 읽는 습관을 놓고
옳고 그르다 시비할 일은 아니지만

책을 읽기 시작하면
완독을 고집하는 사람이 있습니다

이유는
마지막 페이지에 나의 영혼을 소각하는
문장을 만날 수도 있기 때문입니다

그래서
저도 완독에 거수합니다

달 나라

지금은 공룡같은 아파트들이
위에서 아래를 내려다 보며
천하를 호령하지만

몇십 년전
뽀족한 산 꼭대기에는
가난에 찌들은 사람들이
옹기종기 모여 살던 곳이 있었다

달빛이 가장 먼저 내려앉고
별들이 소풍가다 잠깐 쉬어 가던 곳

그곳을
우리는 달 나라라고 부르고는 했다

지금
그 때를 회상하며 실없이 미소 짓는 건

그 안에
내가 살고 있었기 때문이다

양동면 둔말길2

떠납니다
나의 생존력을 좀더 명확하게 하기 위해

어제보다 나은 성장을 위해
낯설고 인적드문 곳으로 떠납니다

적어도 내 삶에 최선을 다했노라
감히 말할 수 있기를 기대하며
도심을 떠나려 합니다

많이 방황하고
많이 갈등하고
많이 고민하며 살았습니다

이제
이별할 시간이 도래했습니다

안녕히 계십시오

낙향일기

이곳으로 낙향한지 벌써 일주일이 지났습니다
그토록 열망했던 꿈들 중 하나를 지우개로 지워 냈습니다

삼삼한 봄날의 시골 밤은 나를 유혹하기에 충분했고
이른 아침 글방에서 맞이하는

아침 햇살과 싱그러운 산골의 푸르름은
나의 오감을 작동하기에 부족함이 없었습니다

새벽녘까지 밤과 마주한 체
책을 읽고
글을 내리다
마시는 헤즐럿 커피의 맛은
행여 사치는 아닌지 지금도 잊을 수가 없습니다

낮에는 왕성한 육체적 활동을
밤에는 책과 글을 병행하며
밤과의 대화를 주저없이 이어 나갔습니다

후회없는
삶이 되기를 저와 맹세합니다

어려운 선택

지는 법을 체득하는데
육 십 년이 걸렸다

물론 지는 것이 왕도는 아니다
그러나 이기는 것 만이 능사 일 수도 없다

지고 이기는데 집착하지 말자
진들 얼마나 큰 핍박을 받을 것이며
이긴들 얼마나 큰 호사를 누리겠나

상대방의 패를 읽고
지는 것은 수행의 결실이다

내 삶의 근간이 흔들리지 않는 한
지는데 관대해 보자

지는 법을 익히는데
딱 육 십 년이 걸렸다

참 많이 컸다

책을 읽고
글을 쓰면서 좋은 점을 굳이 말하자면

화를 내는데 인색해졌고
화의 크기나 깊이 기한이
현저하게 짧아졌다는 사실이다

타인을 공감하는 능력
즉 남에 대한 평가 비교 뒷담화등
말과 행동에 대한 책임과 품위를 지키려

무던히 애를 쓴다는 점과
서서히 성찰이 일상화 되어져 간다는 점이다

나와의 지속적인 소통을 요청하며
웅변보다는 경청을 자신의 소견을 최소화하고
남의 말에 집중하며

三思後而行이라는 공자님의 말씀대로
말과 행동을 옮기기 전에 생각해 보는
진중함을 알게 되었다는 점이다

내 삶에 치명적 개입이 아니면
양보하고 배려하려는
이타적 용기를 아끼지 않는다는 점이다

보여주는 삶 보다는
내면을 다지는 삶을 도모하며
이와같은 의지와 신념을 확고히 하고
부단히 책과의 인연을
소중히 여기며 살아간다는 점이다

여성해방

주방에 체류하는 시간이
길면 길수록
여성의 삶은 참혹해진다

여성들이여
생각하고 또 생각하라

당신의
삶은 온전한가?

독서동아리의 장점

자신이 좋아하는 쟝르의 책만 고집하다 보면
지식의 영역이 협소해져 독단이나 오류에 빠지기 쉽다

자신이 주장하는 논리에 부합되지 않으면
모조리 거부하거나 외면 저항하여

이단으로 규정해 버리는 오류를 범하기 쉽다
전형적인 편향적 독서의 폐혜이다

영양분이 고루 분포된 균형있는 식단을 준수해야
건강할 수 있는 것처럼

책도 두루 섭렵하고 여러사람들의 생각을 경청해야만
건강한 의식이 정립될 수 있는 것이다

체계적이고 건전한 사고를 도모하는데는
독서 동아리 만큼 영향력이 큰 조직은 없다

텔레비전의 맹점

시사 교양 다큐등 텔레비전에는
유익한 프로그램이 다양하게 편성되어 있다

영상은 글보다 임팩트가 강하기 때문에
시청자들에게 글보다 좀더 빠르고 정확하게 메시지를
전달할 수 있다

그러나 문제는 유익한 프로그램만 시청하고
과감하게 전원을 끌수 있느냐의 문제이다

결국에는 타 프로그램의 유혹을 뿌리치지 못하고
금쪽같은 시간을 탕진하고 만다는 것이다

인간은 바람에도 흔들리는 의지박약한 존재이다
고로 텔레비전은 약보다 병이 될 확률이 높다는 점이다

엄밀히 말하자면 텔레비전의 폐혜가 아니라
의지가 빈약한 우리들의 소치인 셈이다

무림천하

관우는 청룡언월도를
장비는 장팔사모를

당신은 무엇을 가지고
전쟁터에 나가시겠습니까?

그럴줄 알았다

책을 읽는데 도무지
집중이 되지를 않는다

이것은
쉬어가라는 신호

그래서
술을 마셨다

그리고
뻗었다

오늘은 기분 좋은 날

오늘은 최고의 날이다
이유인 즉 아내가 2박 예정으로 친정집에 갔다
잔소리로부터 일시적이나마 해방을 맞이했다는 것이다

나에게 허락된 이틀하고 반나절
퇴근 후 저녁 식사로 일단 라면을 끓였다

먹다 남은 소주 반병과 캔 맥주 하나를 대동하고
텔레비전 앞으로 무혈입성
파김치와 열무김치을 곁들인 라면에 소맥은 환상이었다

후루룩 짭짭
후루룩 짭짭
오랜만에 누려보는 소심한 호사이다

짧은 시간 누려보는 자유가 방종이 될지라도
나는 이 시간에 충성을 다하리라

야호!!!!!!!

아직도 모릅니다

85

아직도
사랑하는 방법이 서툽니다

이쯤 나이가 되면
사랑이 무엇인지 알 것도 같고

잘 할 수도 있을 것 같은데
아직도 우왕좌왕 갈피를 못 잡습니다

제가 알고 있는
사랑은 이렇습니다

지금까지 살아 오면서
구축된 모든 이념과 가치를 내려놓고
새로운 가치로 협업하는 겁니다

그 사람의 영역을 존중하고
나의 영역을 최소화 하는 것이지요

즉 나를 많이 양보하고
상대를 이해하며 배려한다는 겁니다

이론은 실행에 옮기려는 의지와
사랑을 지키려는 신념이 부합되어야
그 빛을 발합나다

후두둑 후두둑
깜깜한 밤 어둠을 비집고
창문 가득 빼곡이 비가 내립니다

책 백수

1년 만 독서에 미쳐보고 싶다
가감없이 딱 1년 만
무의도식하며 책 백수가 되고싶다

나는 누구이며
내 삶의 근원은 무엇이고
무엇이 유익하고
무엇이 유해하며

어떻게 살아가는 것이
행복한 삶인지
묻고 또 묻고 싶다

길 찾기

어디로
왜
무엇 때문에 가는지

아시는 분
꼭 연락 바랍니다

깔끔한 포기

세상을 보는 눈이 순해지려면
대략 3000권 정도의 독서량이 필요한데

하루에 한 권이면 [주5일 월22권] 11년이 걸리고
나처럼 한 달에 4권정도 읽으면 62년 걸립니다

미치지 않고서는
달성할 수 없는 천문학적인 숫자입니다

인생에서 가장 위대한 도전은
자신의 한계에 도전하는 건데

어떻게 한번 밀어봐

됐다
이대로 살다 죽을랍니다

인정하며 삽시다

살아보니
인생이 온통 문제 투성입니다

한 가지를 해결하면
기다렸다는 듯이
다른 문제가 나타나고

또 그것이 해결되면
또 다른 문제가 나타나고
온전한 날이 없습니다

문제가 있다는 건
우리가 치열하게 고민하며
살아가고 있다는 반증일 겁니다

문제가 사라지는 날
우리는 죽습니다

君君 臣臣 父父 子子

옛말에 군군 신신 부부 자자 라는 말이 있습니다.
임금은 임금다워야 하고
신하는 신하다워야 하며
부모는 부모다워야 하고
자식은 자식다워야 한다는 말입니다.
이 말의 의미는 개인의 역할론을 강조합니다.

엄마가 아이들한테 본인은 티브를 시청하면서
공부하라고 난리를 칩니다.
물론 틀린 말은 아닙니다 .
학생의 신분은 공부니까요

그러나
부모의 역할은 경제적 지원에만 국한되는 것이 아니라
아아들이 정신적으로 올곧게 성장할 수 있는
환경을 조성하여 주는 겁니다.

그렇게 하기 위해서는
아이들이 옳고 그름을 판별하고
과연 무엇이 정의이며

어떠한 삶이 진정한 행복을 추구하는 삶인지
철학적이며 인문학적인 모티브를 구축하는데
일조해야 한다는 이야기입니다.

그렇게 형성된 가치관은 아이들이 살아가는데
핵심적인 역할로 큰 도움이 됩니다.

물은 위에서 아래로 흐르며
윗물이 맑아야 아랫물이 맑은 법입니다.
즉 어른이 모범이 되어야
아랫 사람이 바르게 행동한다는 뜻이 됩니다.

윤회

하는 일마다 바닐라 라테처럼 달콤하게
모든 관계가 양털처럼 부드럽게 소통된다는 뜻은
불행을 예고하는 전조 현상임을 인지하여야 하며

하는 일마다 되는게 없이
긴 한숨을 동반하는 것은
행복이 지척거리에 있음을 암시하는 것입니다

지금 힘들고 어렵다고 좌절해서도
지금의 행복이 영원할 것이란 착각도 금물입니다

세상은
주는 만큼 챙겨가고 받는 만큼 돌려주는
공평하고 합리적이며 정의롭습니다

희망

혹독한 겨울이 지나면
은밀하게 봄이 찾아 옵니다

기다림이란
고통을 이겨내는 지혜를 의미합니다

버티면 이깁니다
남는자가 진정한 승자입니다

기억

겨울에는 눈이 와야 합니다
그것도 가능하면 많이 내려야 합니다

그래야 눈 사람도 만들고
눈 싸움도 할 수 있습니다

이마저도 할 수 없었다면
나는 이 겨울을 견디지 못했을 겁니다

누구는 종이 위에 시를 쓰지만
누구는 가슴에 시를 씁니다

연가 1

힘없이 쓰러진 하루를 등에 메고
경직된 겨울
터벅 터벅 걸어 집으로 돌아온다

길가에 뿌려진 어둠은
응집력 있게 영역을 확장
순식간에 산골을 어둠속으로 매립한다

산골의 밤은
도시의 밤보다 한 뼘은 짧게 찾아 오는데

일찍 찾아드는 산골의 밤은
사고를 유연하게 만드는 특별한 매력을 가지고 있다
겨울밤이 만들어 낸 최고의 수확이다

돌아오는 길에
아내가 좋아하는 치킨과 생맥주를 준비했다

지극히 아름다운 밤이다

연가 2

퇴색한 가을 햇살
서녘에 몸 누이고

스산한 들녘에
허수아비 외롭네

빛 바랜 우리네 인생
헛기침만 요란하구나

버려진 자아를 찾아서

남들이 흘려놓은
일들이나 뒤치닥 거리며

스스로 강박하고 세뇌당하며
병든 닭처럼 살다 죽는 건 싫다

단 한 시간을 살아도
나 답게 살다 죽고 싶다

그것도 치열하게

이유

실패하는 이유는 간단하다
하다 가 중단하기 때문이다

가다 서다를 반복해도
멈추지 않으면 실패란 없다

글지기

하얗게 밤을 새워 글 한 줄 움켜줬다
정신이 육체를 이기는 경이로운 순간이다

피곤함보다 뿌듯함이 앞서니
글쟁이는 맞는가 보다

물질도 명예도 보상도 없는
글 쓰기에 긴 목을 빼는 이유는 무엇일까?

다음 생에도
또 다시 펜을 잡을 수 있을까?

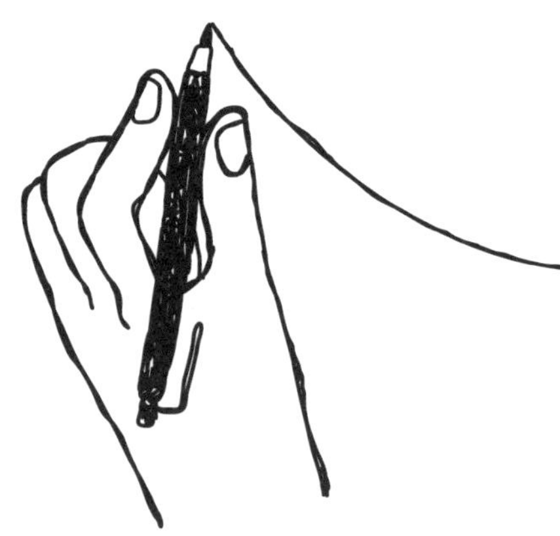

글 놀이

글쓰기는 외로운 작업이다

외로움이 겹겹이 쌓일수록 글의 농도는 짙어지며
얼마나 많은 시간을 외로움에 시달렸느냐에 따라
글의 질량이 달라진다

모든 글의 결과물은 수행의 결과이며
참을 인자를 입에 물고 견딘 결과물이다

허리에 통증이 몰려오고
눈이 시리고
손끝이 저려와도
혀를 깨무는 심정으로 참아내야 한다

글은 외로움의 축적이지
희열의 축적은 아니다

읽는 이들의 감정을 견인
삶의 변화를 촉구해야 한다

그것이 글쟁이들의 사명이다

새벽까지 글을 지어 쌀독을 채웠다

얼마나 더 많이 읽고
얼마나 더 많이 쓰고
얼마나 더 많이 뒤척거려야 하나

인연 1

인연에 숙고해라
함부로 인연을 맺어 놓으면

그 인연으로 너의 삶이 옥죄되니
어설픈 인연은 삼가하는 게 옳다

새롭게 만날 인연보다
기존의 인연에 충실하라

보이지 않는 인연은
모두 가짜 인연이다

일년 에 한 번 만나는 인연이 무슨 인연인가 ?
매일 아침 만나 안부를 묻는 들 풀만도 못하다

인연 2

새로운 인연을 만나는 일은
그 사람의 일생을 마중하는 어마어마한 일입니다

잠시 스치는 만남을 인연이라 하면
어쩌지 못하는 인연을 운명이라 합니다

세심한 배려와 정성은
인연에서 운명으로 이동하는 혁명적인 일입니다

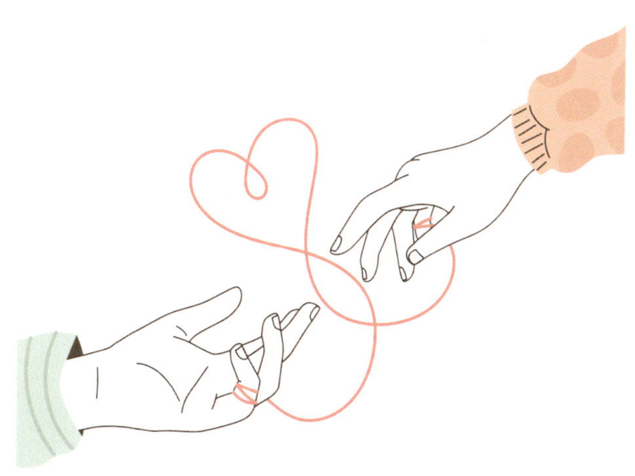

집중

결과를 알고
시작하는 사람 없으며

길 끝이 어디고
길 끝에 무엇이 있는지
알고 가는 사람 또한 없다

과거는 미약한 자의 망령이며
미래는 허상이다

우리가
집중 할 것은

지금
이 순간이다

죽음

그다지
서러워 할 일도 애도할 일도 아니다

근원이 어딘지 모를
둔하고 무딘 통증이 잠시 다녀갔을 뿐이다

타인의 죽음을 곁 눈질하며
자신의 삶을 점검할 수 있는
계기 정도로 생각할 뿐

그 이상 그 이하의 감정도 아니다

언제부터인지 내 마음에는
죽음도 삶의 일부로 인정하고 수용하는
넉넉한 마음이 자라고 있었다

번개란 무지의 소치이다

번개의 사전적 의미는 예정에 없던 만남을 말하는데
내가 생각하는 번개의 의미는 이러하다

내가 짬이날 때 즉 시간적 소비를 위해
본인의 유흥거리에 합류해주기를 상대방 동의없이 제안하는
이타심이 철저하게 배제된 이기적 형태의 약속이다

결론부터 말하자면 상대방에 대한 무자비한 결례이다
사정상 이유가 있어
상대방의 제안을 수용하지 못하기라도 하면

자신을 무시한다 모욕적이다 등등
이런저런 이유같지 않는 사유를 들어 서운함은 물론이고
폄하하기까지 이른다

더 재미있는 일은 폰 번호를 삭제하는 등
의절을 감행한다는 것이다

수십 년의 모태 우정이 일방적 번개에 참여하지 못했다는
웃지 못할 이유로 무참하게 절교 통보를 받게 된다는 점이다

내게 남은 시간이 비대하니 상대방도 한가할 것이다 라는
예의가 실종된 무지라 감히 말할 수 있다

易地思之
상대방 입장에서 한 번쯤 생각하는 예의가 간절하다

답답합니다

저는 특별하게 잘 하는게 하나도 없습니다

머리도 총명하지 못하며
열정이란 온도도 뜨뜨미지근 하고
체력도 인내도 감각도
장애에 가까울 정도는 아니지만 신통치 않을 만큼 빈약합니다

그나마 평균치를 상회하는 것이 있다면
무엇을 시작하면 잘하지는 못해도 진득하게 한다는 점과
가끔은 사람 좋다는 이야기를 듣는다는 겁니다

사람 좋다는 이야기는 이용해 먹기에
안성맞춤이라는 이야기가 되겠지요

돈 쓰고 호구소리 듣고

나도 이러는 내 인생이
답답하고 때로는 억울하기도 합니다

남들처럼 이성적이지도 못하지
남들처럼 열정도 인내도 진득하지 못하지

그래도 어쩌겠어요
어우렁 더우렁 데리고 가야지

아내사랑

아내는
남들과의 비교를 절대적으로 사양한다

아버지 어머니도 다르고
생김새도 배경도 살아온 환경도 가치관도 상이한데

같은 생각으로
같은 노선을 걷는다는 것은 불가능한 것처럼
살아가는 방법도 다양하다는 게 아내의 논리이다

그러니
비교는 무지한 사람들의 소치라는 것이다

참 반듯한 사고이자 논리다
그래서 나는 아내가 좋다

비교에는 반드시 갑과 을이 존재한다
비교가 약진의 계기가 될 수도 있겠지만
대부분은 한 사람이 상처를 받는 것으로 종결된다

상처의 깊이에 따라
한 사람의 인생이 추락되는 재앙으로 연결될 수도 있다

너는 너대로
나는 나대로 살아가는 방식이 있다

왜 그렇게 사냐고
누구도 관여하거나 개입할 수 없다

남에게 위해한 행위를 하지 않는 한
우리는 우리 멋대로 살 자유가 있다

행복하고 싶다면
내 아내를 닮아라

독서의 필요성

책만 읽고 사색이 없는 사람은
지식이라는 허기를 충족시키려는 행위에 불과하다

책을 많이 읽어도
변화가 정지된 상태라면 죽은 독서이다

조선시대 대학자 율곡 이이는
조선시대 교과서로 사용되던 격몽요결을 통해

책에서 배운 바를
삶에 투영하는 것이 진정한 독서라 말했다

독서를 통해
삶의 변화를 유도해야 한다는 의미이다
실행의 중요성을 명령했고 생산적인 독서를 추궁했다

모든 것은 읽는 이의 몫이다
운명의 신은 변덕스러워 한 여름의 소나기처럼
느닷없이 삶을 바꾸어 놓는다

독서는
이러한 급작스러운 소나기를 피할 수 있는 방어기제이다

인생에 정답이 없듯이 책에도 정답은 없다
그러나 정답은 없지만 많은 길을 제시한다
바람직한 선택은 본인의 몫이다

독서 초기에는
책을 통해 즐거움 감동 정신적 치유감을 느끼고

다음 단계에는
책을 통한 욕구가 구체화 되어가며

독서에 대한 진지한 목적이 형성된다

독서의 본질은 지식과 정보 취합이 아니고
수행자의 삶을 유도하는데 있다

그때 그 시절

아무것도 모르는 어렸던 시절이 참 좋았어
왜냐하면 어려움 뒤에는 늘 어머니 아버지 형 누나등
든든한 버팀목이 있었으니까

훌쩍 커서 어른이 되고 보니
넘어도 넘어도 끝이 보이지 않는
모든 장애물이 내 차지인 거야

이번만 견디면 좋아지리란 기대 속에
속고 속으며 살다보니
지금 이 나이가 되었어

좋았던 날도
힘들었던 날도 결국은 다 지나갔어

그런 삶을 너와 내가 살았어

포만감이 주는 여유

지친 영혼들이 꿈을 꾸는 안식의 밤
나는 밤새 폐쇄된 골방에 앉아 책장을 넘기며 자판을 두들겼다

얼기설기 엮어진 나뭇가지 사이로
빨간 아침 해가 수줍게 고개를 내밀더니
지금은 내 어깨와 동등한 위치에 놓여있다
조밀조밀 산속에 아침이 찾아온 것이다

빼꼼히 창문을 열어 외부의 공기를 유입한다
상큼한 산골의 새벽 공기가 밀물처럼 밀려 들어온다

뜨거운 헤즐럿 커피를 한 모금 입에 무니
밤새 침묵했던 목젖에 따뜻한 온기가 전해져 온다
오감이 작동하는 것을 보니 살아있음을 인식한다

허기가 밀려온다
작은 양은 냄비에 꼬불꼬불한 생동감 있는
면발이 식탁에 놓여지고

나는 가볍게 라면 한 그릇을 비운다
극심한 공복 상태에서 반입되는 탄수화물은 절대 진리다

내장에 포만감이 밀려오니 눈꺼풀이 무겁다
의자를 뒤로 제친다

그리고 두 다리는 약간의 여분이 허용되는
책 꽂이 위에 발을 동승한다

스르르
눈이 감긴다

알면 성인

책의 세계에 빠지기 가장 쉬운 방법은
책 읽는 지인을 곁에 두는 것이며

두고 두고 후회하지 않을 일은
책으로 서재를 가득 채우는 일입니다

몇분이나 되세요?

짜장면 곱빼기 한 그릇 값으로
위대한 성인과의 만찬을 준비했습니다

책 한 권을 읽으면 한 명의 스승을 만나고
백 권의 책을 읽으면 백 명의 스승을 만납니다

여러분은 지금껏 살아오면서
몇 분의 스승을 만나셨습니까?

어쩌다 운명

어쩌다
떠난 여행이

생각없이 집어든
책 한 권이

당신의
인생을 바꿀 수도 있습니다

오지랖은 이제 그만

우물안 개구리에게
바다를 설명할 수 없고

하루만 살다 죽는
하루살이와 인생을 논할 수 없습니다

모르는게 밑천입니다

여기저기
기웃기웃 오지랖 그만하고 삽시다

우매한 물음

책을 너무 좋아하는 것도 중독이고
책을 너무 안 좋아하는 것도 중독입니다
당신은 어느 쪽 중독을 선택하시겠습니까?

별 넷

살아가면서
삶의 언덕이 되어 줄
책 몇 권쯤은 있어야 하지 않을까요?

별 다섯

먼 길을 가려면
책과 동행하라

필요한 손절

젊을 때는 많은 사람을 만나
다양한 경험을 하는 것이 중요하지만

나이가 들면
무엇보다 안정감이 중요하기 때문에

나와 성향이 비슷한 사람과
동행하는 것이 유익합니다

40.50년 지기도 가치관이 다르면
멀어지는 게 세상사 순리입니다

끊어내야 할 인연이라면
손절함에 주저하지 않아야 합니다

방치해두면 내 삶이 폐쇄될 뿐
하나도 도움이 되지 않습니다

나이가 들수록
인간관계가 좁아지는 것이 아니라
꼭 필요한 사람만 남는 것 입니다

시효가 다 되었을 뿐
떠난다고 아쉬워 마세요

떠날 사람은 떠나고
남을 사람은 남습니다

가을 지키기

책을 읽다가
상큼한 문장이 나오면 밑줄을 긋는다
오래오래 기억하고 싶다는 뜻이다

가을
가을에 밑 줄을 긋는다

한뼘씩 짧아지는 가을이 서러워
두 번 세 번 밑줄을 긋는다

잊기에
너무 아프다는 뜻이다

우리가 원하는 노후

늙어서 좋은 점은
지시어나 명령어에서 해방되고
책임이라는 단어에서 자유롭다는 것이다

그리고
더 더욱 고무적인 건
나에게 부여된 시간이 넉넉하다는 점이다

이별 고지

같이 걷던 사람들이
하나 둘 이탈을 한다

자고 나니
또 한명의 인연이 이별을 고지하고
내 곁을 떠나간다

아직도
가야 할 길은 멀고 먼데

인연은
하나 둘 내 곁을 떠나간다

여러분들께서는 안녕하십니까?

경제력이 없는
아내를 은근히 무시하는 남편

직장 동료들 앞에서
의도적으로 모욕을 행사하는 상사의 갑질

훈육이라는
이름으로 폭력을 일삼는 부모

데이트 폭력에
가스라이팅까지

우리 주변에서 흔히 볼 수 있는
정신적 폭력 형태입니다

여러분들께서는 안녕하십니까?

정년 후

하루에 8시간씩
짧게는 20년
길게는 40년
동해물과 마루가 닳도록 일 만하며 살아왔다

정년이다
말로만 듣던 정년이다
무덤덤 느낌이 없다

염치없이 이것 저곳을 기웃기웃
누구 하나 눈길 한번 주지 않는다

갈 곳이 없다
반기는 곳도 없다

이제
어디로 가야하나

그냥 사세요

인생
너무 신경쓰며 살지마세요

지나고 나면 아무것도 아닌 허상인 것을
얼마나 자신을 옥죄하며 살고 있나요?

일 년 전에 했던 고민 지금 기억이나 나시나요?
일 년 전에 했던 고민 지금도 유효하신가요

시간이 지나면 깨끗이 소멸되어
추억으로 남게 되는 것을

이 모든 고민 걱정 근심 염려 불안은
감정에서 유발되는 허상입니다

감정은 수시로 천당과 지옥을 오가며
사람의 기운을 농락하는 믿지못 할 놈이지요

인생을 살아가자면 많은 문제에 봉착하게 되는데요
문제가 일어나지 않기를 바라는 것은 오랑캐 심보입니다

너무 힘들어 하지도 아쉬워 하지도
누구를 원망하거나 시기하거나 질투하지 말자구요

시간이 지나면 어떤 형태로든 해결이 됩니다
시간만 한 스승도 없습니다

경계 대상 1호

말 잘하는 사람과
글 잘 쓰는 사람은 멀리하는 것이 당신 삶에 유익합니다
그들은 은폐와 위장에 탁월한 능력을 소유한 사람으로서
살아가면서 경계해야 할 대상자들 중 하나입니다

물론 수행하듯 안빈낙도의 삶을 살아가는 사람들도 있겠지만
대부분은 본인의 취약한 약점을 은닉하고
광택나는 화려한 말과 글로
자신을 포장하기에 급급한 위선자들이 대부분입니다

사람들의 본성은 이권이 개입되어 있거나
본인이 곤경에 봉착했을 때 이빨을 드러내기 시작됩니다

평소에는 허허실실 간 쓸개 내어줄 듯 친화력있게 다가서다
본인에게 조금이라도 불이익이 편성되면
예민하게 본성을 드러내기 시작하는데
이에 능통한 사람들이 언변이 뛰어나고
글재주가 남다른 사람들입니다

사람의 본성을 가장 빠르게 캐치할 수 있는 방법 중
하나가 그 사람의 과거를 아는 건데요
그 사람이 살아온 행적이 그 사람의 본성일 확률이 매우 높습니다

상처와 배신만 남는게
우리네 삶입니다

누구나 성인

있을 때 베푸는 건 동정이고
없을 때 나누는 것이 참 사랑입니다

넉넉하면 누구나 성인이 됩니다

죽음과 삶의 연관성

죽음이 전속력으로 달려오고 있다
그래 오래 살았다
그래 오래 살기는 살았다

죽음은 강하고 삶은 약하다

죽음을 어머니로
죽음을 아버지로
죽음을 경배하자

입구에는 저승사자가
우리가 죽을 날을 기다리며 꾸벅꾸벅 졸고 있다

영혼이 육체를 떠나고 있다
그래
오래 살았다

나의 독서법

읽다
졸다

졸다
읽다

12월의 추억을 공유하다

밤새 추위에 진저리치던
밤 바다에 어둠이 사라졌다

아랫도리가 마비될 듯한 면도날 같은 바닷바람은
쉴틈없이 휘적휘적 허공을 배회하며
연실 긴 신음소리를 뱉어낸다

옷깃을 여미고 목도리를 졸라매도
바람은 조금도 물러섬이 없다

산발이 된 머리카락
산산조각난 흰 포말의 거친 숨소리
유령같은 바람소리
고즈녁한 겨울바다

너무 멀리 걸어 나왔나 보다
돌아갈 길이 부담스럽다
서둘러 발길을 재촉한다

12월의 추억을 공유하며

잘 죽고 싶다

아무도 슬퍼해 주지 않는
수치스런 죽음만은 아니길 바래요
그렇다고 명예로운 죽음이 되기를 바라는 건 아니에요

나의 바램은
그저 일주일 정도만 기억이 되어주는
그런 죽음이에요

장례식장을 떠난 후
나라는 존재 가치가 즉시 잊혀지는
그런 죽음은 아니길 바란다는 것이죠

이제 죽음을 기억하고 준비해야 겠어요
내리막길은 속도가 가속화된다는 사실도 알게 되었구요

많은 생각을 단순화하고 요약하는데 집중하고 싶어요
남은 시간은 진짜 필요한데만 나의 에너지를 쏟고 싶어요
그래야 후회를 최소화하지 않을까 싶어서요

착하게 살자

착하게 산다는 것은
나쁜 놈으로 살지 않는다는 뜻입니다

착하게 사는 건
선을 베푸는 게 아니고
악을 행하지 않는 겁니다

다시 말해서
나쁜 짓 안하면 됩니다

다짐

다짐을 너무 자주 하면
다짐이 부담이 되어 짐이 됩니다

꿈은
이룰 수 있는 만큼 만 계획하는 게 옳으며
꿈이 과다한 건 망상에 가깝습니다

꿈도
분수를 고려해야 합니다

시간이라는 묘약

어금니가 빠져도 봄은 옵니다
올 것은 반드시 온다는 말입니다

오지 않는 다 보챌 것도 없지만
가지 않는 다 안달할 것도 없습니다

때가 되면 오고
때가 되면 다 떠난다는 말입니다

이 세상에
시간만 한 스승도 없습니다

지금 불행하세요?

누군가는
이렇게 말을 합니다

들을 수만 있다면
걸을 수만 있다면
말할 수만 있다면
볼 수만 있다면

지금
당신은 불행하십니까?

어떻게 사는게 진리지?

여우는 여우끼리
토끼는 토끼끼리
나무늘보는 나무늘보끼리

어쩌면
이렇게 유유상종 사는게 진리인지 몰라

글은... 책은...

글은 상상이라는 허구속에서 출생하기도 하지만
대부분 자신이 살아온 경험과
자신이 소유한 지식과 정보를 활자화 하는 것입니다

책을 읽는 것이 너를 만나는 일이라면
글을 쓰는 건 나를 만나는 일입니다

기존의 고착화된 생각에서 벗어나
발전적인 제안을 하고 승인을 받아 내는 것입니다

나를 돌아보며 잘못 살아온 부분은 수정하고 위로하며
격려하는 생활 에세이 같은 것입니다

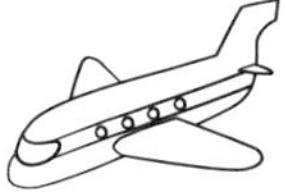

기도

노년에는 산속에서 유배되어 사는 거다
종교 의식처럼 경건하게 살다 그렇게 가는 거다

저문 유월 내리는 빗소리에 집중하며
그렇게 그렇게 살다 가는 거다

산골에는 이미 시간이 멈추었다
이곳에는 어떤 약속이나 의무 속박 야망도 없다

그저
고요한 시간과 장소만이 존재할 뿐이다

세속적 삶
미련없이 떠나는 거다

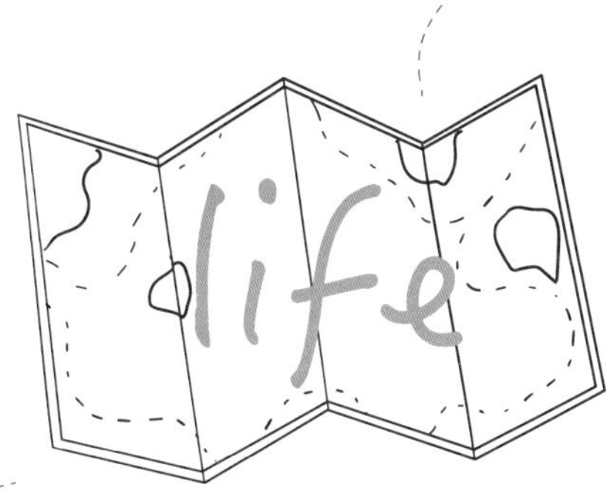

글쓰기는

글쓰기는
외로움의 연속이다

얼마나 많은 시간을
외로움에 시달렸느냐에 따라
작품의 깊이가 결정된다

글은 외로움의 결과물이다

엄마

평생 엄마를 아프게 했던
가난이 어깨에서 내려올 즈음
엄마는 이 세상에서 가장 먼 곳으로 여행을 떠나셨다

하늘에는 하염없이 눈이 내리고
매서운 겨울 바람은 마치 장례 행렬처럼
웅성거리며 거리를 휩쓸고 지나갔다

그 길을 따라 엄마는 소풍가듯
내 곁을 떠나 가셨다

옳거니

과하면 반드시 화를 불러온다
즉 욕심은 재앙을 불러 온다는 말이다

그러나
과할수록 유익하고 폐단이 없는 것은
오직 독서뿐이다

기다림의 미학

천하에 이로움이 반이면 해로움도 반이다
즉 하나가 좋으면 하나가 나쁘다

기쁨에도 끝이 있고
아픔에도 끝이 있다

좋은 게 좋은 게 아니고
나쁜 게 나쁜 게 아니다

그대여 힘들어 마라
내일은 당신의 해가 뜰 것이다

내 삶의 언덕

살아가면서 삶의 언덕이 되어 줄
책 몇 권쯤은 있어야 하지 않을까요?

이게 인생이래

인생이란 여행지의 종착역은 죽음이다
서로 다른 주제를 가지고 여행을 떠나며

여행 중 예기치 못한 상황을 만나
중도에 여행을 포기하는 경우도 있지만

대부분은
생로병사를 겪으며 마지막 역사에 도착한다

흥청망청 써도 시간이 남는 줄 알았다
시작만 있지 끝은 없는 줄 알았다

예상치 못하게 삶이 길어지면
어쩌나 은근히 걱정까지 했었다

이제 내 삶속에 거주했던
많은 인연들과의 이별을 준비할 시간이다

나와 끝까지 동행을 불사해준
모든 이들에게 감사의 예를 표한다

붕어빵 가족

아버지가 사오신 붕어빵

엄마 아빠는 단팥빵
나는 슈크림
동생은 피자
생긴 건 같아도 맛은 제각각

맞아

모르면 물어보면 되고
틀리면 고치면 되고
잘못했으면 뉘우치면 된다

나쁜 친구는 빠른 손절을 종용한다

좋은 친구는 스승과 같고
나쁜 친구는 짐승과 같다

꼰대의 기준

생각이 젊으면 나이를 먹어도 젊은이고
나이가 젊어도 생각이 고루하면 늙은이다

해탈? 그런 거 없어

노 스님이 말씀하시기를
이 세상에 깨달음 없다 하셨다

해탈도 못하면서 해탈한 척
중 흉내 내지 말고

그냥
살던 대로 살라 하셨다

아픔에 감사하기

너무 아파야 눈이 띄이고
세상에 감사할 줄 알아

그러니까
아픈 걸 두려워마

그런데
많이 아프면 쉬어 가

거인

많이 생각하고
깊게 생각하며
넓게 생각하고
오래 생각하기

명심 하세요

부모는 자식을 위해서 죽을 수 있어도
자식은 부모를 위해서 절대 죽지 않습니다

삶에 대한 진실

잘 드시고
잘 배설 하시고
잘 주무세요

단순한 것이 진리일 수 있습니다

실패는 성공의 어머니

성공한 사람들의 특징은

역경에도 불구하고
내가 성공한 것이 아니라

역경 때문에
내가 성공한 것이라 믿는다는 것이다

실패와 좌절 시련을
겸허히 받아드리고

이를 분발점으로
재정비하여 비상한다는 것이다

인정하고 안하는 건
당신의 몫이다

생각의 차이

하늘에서 장대비가 쏟아집니다

어떤 사람은 큰 그릇에다 비를 받고
어떤 사람은 작은 그릇에다 비를 받습니다

그런데 하루종일 바가지를 들고 있어도
비 한방을 받지 못하는 사람이 있습니다

어떤 사람일까요?
그릇를 뒤집어 들고 있는 사람입니다

작은 생각의 차이가
삶의 노선을 바꾸어 놓습니다

산골에서 쌀독을 채우다

어김없이 오후 다 섯시면
겨울 어둠이 오십 여가구가 사는 마을로 진입하여
주위의 모든 사물에 어둠 경고령을 내린 채
조속히 본연의 자리로 귀가할 것을 종용한다

부산했던 움직임들은 전원을 내리고 안식을 맞는다
어둠을 찬양하듯 가가호호 불빛은 번득이며
이렇게 산골의 밤은 시작된다

잠시후면
휘영청 달의 모습이
먼 산 능선에서 수줍게 고개를 내밀며

조금 더 어둠이 짙어지면
손자 손녀 눈망을 같이 반짝이는
별들의 향연이 예고된다

소매 단 만큼 일찍 찾아오는 산골의 밤은
이곳에서만 누릴 수 있는 특별한 혜택이다

새벽 두 시
나는 밤 양이처럼 침실에서 슬금슬금 글방으로 이동
책과의 동락에 만취한다

벌써 여 섯시다
창밖은 아직도 어둠이 흔들리지 않고 꿋꿋이 서 있다
이렇게 밤이면 밤마다 글을 지어 쌀독을 채운다

돈의 위력

거지에게 아부하는 사람은
이 세상에 단 한명도 없습니다

돈 떠나면
다 떠납니다

당신의 삶은 안녕하십니까?

가정용 두루마기 화장지는
회사마다 다소 차이가 있겠으나

대부분
1칸이 11.5cm
450조각으로 구성되어 있습니다

하찮은 휴지도
이처럼 치밀하게 계산되어 구성되었는데

당신의 삶은 안녕하십니까?

주당의 말로

주당을
다른 말로 이렇게 표현합니다

두주불사
주종불문
장소불문
고주망태
황천직행

니 맘대로 사세요

꽃을 꺾을 수는 있어도
봄을 지배할 수 없습니다

제비 한 마리 날아 왔다고
봄이 다 온 것도 아닙니다

나무 하나를 보고
숲 전체를 평가할 수 없는 것처럼

제발
생각하며 삽시다

자연선택

비에 젖은 풀잎도 볕이 좋으면 마르는 법이니
불편한 관계를 회복하려 매달리거나 애쓸 것 없다

달면 삼키고 쓰면 뱉는 게 인간의 본성이니
입 맛에 안 맞으면 떠나는 건 당연지사다

떠나고 남는 건 그 사람의 몫이니
구걸하지 마라

상처만 남는다
배신만 남는다

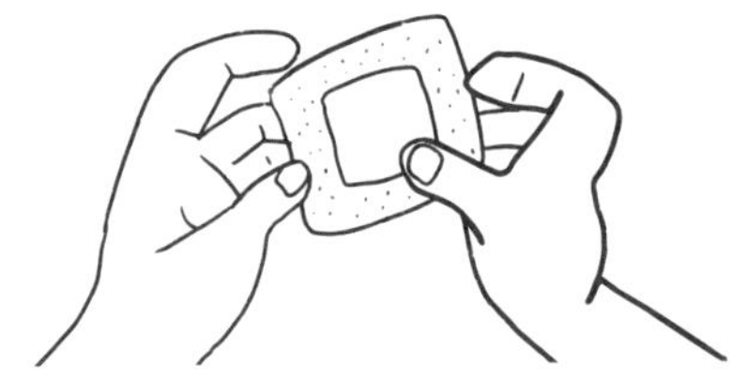

맞나?

가난은 기약없는 삶을 살아가는
우리에게 가혹한 형벌이다

그래도
병 없고 빚 없으면 다 산다

사면초가

우리는 언제나 가장자리이다
그래서 위태롭고 공포스럽다

언제 나락으로 떨어질지
하루하루를 전전긍긍하며 살아간다

안정권인 가운데로 진입하기는 고사하고
이 자리를 유지하는 것 마저도 버겁다

더 이상 물러설 곳도 없는데
어디로 가란 말인가?

알수 없슴

뱀은 전지전능하신 하느님께서 만든
들짐승 가운데 가장 간교하였다

뱀이 여자에게 말하기를
이 열매를 먹으면 눈이 맑아지고 신과 동등해지며
영생을 얻을 것이라 말하며 열매를 건네주자

여자는 열매를 받아 먹고
자기와 함께 사는 남자에게도 건네 주니
남자도 열매를 받아 먹기에 이른다

이로인해 여자와 남자는
에덴 가든에서 영원히 추방되는 결과에 이르게 되었고

여자에게는 해산의 고통을
남자에게는 종신토록 노동의 고통을 맛보게 하셨다

천하에 못 믿을 것이 하나 있다하니
여자라 하더라

결혼은 언제 해야 할까?

내가 아는 결혼 적령기는 적어도
세상을 미흡하나마 분별할 수 있는 나이를 말한다

신체적으로만 왕성한 시기의 결혼은
번식만을 고려한 수렵 문화의 산물이다

경제적이나 정신적으로 성장하는 시기
즉 모든 조건이 빈약한 시기를
결혼 적령기로 보는 것은 무리가 있다는 것이다

하지 않는 것도 방법이기는 하나
꼭 해야 한다면

결혼을 끝까지 책임질 수 있는
정신적 경제적 무장이 어느 정도
확보된 후 하는 것이 옳다는 논리이다

사람에게만 적용된다

유리잔이 깨끗하면 맑은 소리가 나고
사람이 선하면 향기가 난다

그러나
선량함에도 반드시 가시는 있어야 한다고
나는 생각한다

늘 참으며 이해와 배려로
덕을 베푸는 것은
사람에게만 하는 행위이다

울 어머니

예전에 어머니들은 사탕이 목에 걸릴까 봐
사탕을 깨물어 조각난 사탕을
입에 넣어주는 모성애를 보여 주셨습니다

지금의 엄마는 어떨까요?

인정

오랜 가뭄에 초목이 말라 죽고
사람과 동물이 고통을 받아도
개미는 비가 오는 것을 싫어한다

이유는
땅에 물이 고여 생계를 위협받기 때문이다

사람도 이와 다를 바 없다
타인의 고통은 외면한 채
자기만의 입장만을 고수하며 살아가는 비열한 존재이다

나?

소심할 만큼
순수하며 구수합니다

세상이 뾰족뾰족해 흔들릴 때도 많지만
세속의 때가 묻지 않기 위해 부단히 노력합니다

재미있는 건
잡내가 전혀 나지 않는다는 점입니다

내 삶의 중심은

주어진 가난은 우리가 이겨내야 할 과제이지만
우리가 선택한 청빈은 내 삶의 중심이기도 하다

많은 재산이 시 한 줄 못할 때가 있기도 하다

유리한 삶

삶이란 엄청난 주제를
한 사람만의 생애로 통찰하기에는
우리에게 주어진 시간은 너무 짧고 부족하다

짧게는 수십 년에서 수백 수천까지
축적되어 온 거인들의 지혜들 마저도
이 세상을 감당하기에는 역부족 이었다

그래서
나는 결정했다

내 마음이 가고
내 뇌가 작동 되는대로
다소 어설프고 서툴러 시행착오가 누적되어도
아픈 상처를 안고 가리라 작심했다

혹독함이 나를 짓누르고 가해 정도가 심각해도
인내를 입에 물고 허허실실 웃으며 살아가리라 다짐했다

삶이란 넘사벽과의 치열한 전투보다는
다소 굴욕적이지만 회유와 협상으로
이번 삶을 대체하는 것으로 안주했다

어제와 다른 아침이 조금 전 도착했다
사지와 오장육부 또한 건강함을 통보받았다

감사하다
이렇게 편안히 늙어감에...

약속

절치부심하며 살아온 질곡의 시간들
당신은 나에게 남은 반생을 동행할 사람을 보내 주셨고
나는 오늘 당신이 보내준 사람과 함께 당신 앞에 섰습니다

당신을 원망하며 떠난지 일곱 해
당신은 마치 돌아올 것을 예상이라도 한냥
자비로운 미소롤 나를 맞이하여 주셨습니다

사랑과 기다림이란
지혜를 몸소 가르쳐 주셨습니다

가지런히 모은 두 손에는 미세한 경련이 일었고
가슴에는 뭉클함이 목 밑까지 치밀어 올랐습니다

마침내 뜨거운 눈물은 내 가슴을 적시었고
주체할 수 없는 감정은 한 동안 내 주위를 떠나지 않앗습니다

고맙습니다
이제는 당신곁에 머물면서
당신이 행한 사랑과 기다림의 가르침을 잊지않고
실천하는 삶이 되도록 노력하겠습니다

또 하나
당신이 보내준 사람
애뜻이 가꾸며 예쁘게 살아가겠습니다

욕심의 말로

가지면 더 갖고 싶어 안달하고
원하는 것을 얻고 나면 또 다른 갈증을 찾아
떠나는 것이 인간의 본성이란다

마치 밑빠진 독에 물을 채우듯
채워도 채워도 충족을 모르는 욕망덩어리
이것이 인간이란다

부부싸움

본인의 잘못은 인지하지 않고
상대방의 잘못만 집중 추궁한다

나 또한 그러하고
너 또한 그러하다

본인의 가해는 기억하지 못하고
상처받은 일만 기억한다

나 또한 그러하고
너 또한 그러하다

감정을 단속하지 못한 채
정제되지 못한 말을 서슴없이 쏟아낸다

나 또한 그러하고
너 또한 그러하다

상대방의 말에는 벽을 쌓고
상대방의 이견은 개 무시한채
본인의 주장만 고수한다

각자 살아온 세월이 산 인데
짧은 시간 안에 호흡이 가능할까

참고 견디는 것이 최고의 술책이라
살아보니 그렇더라

떠나면 됩니다

진달래가 피는 봄이 싫고
국화향이 그윽한 가을이 좋다고

봄 전체를 국화향이 가득한
가을로 바꿀 수는 없습니다

이 세상은
내 소유물이 아닙니다

나를 버리지 않는 한
세상은 당신에게 어떠한 유익함도
제공하지 않을 것입니다

절이 싫으면 떠나면 됩니다

누가 알어

누구나 볼품없는 투박한 찬기 보다는
세련되고 우아한 찻잔으로 태어나고 싶어 합니다

우리가 열심히 살아가는 이유는
우리의 미래를 알 수 없기 때문입니다

행여라는 부사에
기대를 저버리지 말고 삽시다

책 바보

독서만이 능사가 아닙니다

먹고 사는 것과 가족 벗
그리고 사회적 네트워크 더 시급합니다

직장에는 충성을 다해 생계에 흔들림이 없어야 하며
아내와 아이들에게는 자상함과 듬직함을 주고
벗에게는 신의를 저버리지 않는 관계를 유지해야 합니다

우리는
책 바보 이덕무가 되어서는 안됩니다

모든 걸 절연하고
책만 읽으라는 말은 그 어디에도 없습니다

그래도
짬짬이 책과의 인연은 고수해야 합니다

니 맘대로 하세요

옥은 쪼지 않으면 돌과 다를 바 없고
나무는 다듬지 않으면 불쏘시게로 쓰일 뿐이다

마찬가지로 사람도 배우지 않이 하면
어두운 밤길을 걷는 것이나 다를 바 없으니

삼류의 삶을 면하기 어려울 것이다

성공하고 싶거든

참아봐 참을 만하더라
견뎌봐 견딜 만하더라
버텨봐 버틸 만하더라

신은 인간이 견디질 못할 시련은 주지 않으신다
내가 중도에 좌절 하가나 하차하는 건
나의 의지가 부족하기 때문인 것이다

먼 옛날

내가 초등학교에 입학하기 전 이야기이니까
아득히 오래전 이야기다

먼 옛날 아버지는 꼭 내가 잠든 시간에
전봇대 상단에 위태롭게 매달인
희미한 백열등에 의지해 귀가를 하시고는 했다

한 손에는 늘 김이 모락모락 나는 통닭이나 찐빵
또는 군 고구마를 노란 봉투에 사들고 돌아 오시고는 했는데

늘 우리 형제들은 아빠가 오시기를 기다리다
끝내는 잠에 빠져들고는 했다

아빠가 오셨다는
엄마의 목소리에 화들짝 일어나 졸린 눈을 한 채

아빠가 사오신 간식을
형제들끼리 옹기종기 둘러 앉아 먹고는 했다

그런 아빠가
지금은 내 명치 끝에 있다

4월의 이별

밤새 흐느끼는 빗소리에
4월의 목련은 지고
앙상한 나뭇가지에 그리움만 남는다

예정된 이별이다
낯선 곳에서 처음 만난 이방인처럼
나는 한동안 아무런 말을 할 수 없었다

폐허처럼 무너진 당신
쇠골이 확연히 드러난 어깨
힘이 부친 목소리
죽음은 공기처럼 주위를 배회하고 있었다

애써 당당하려 했고
애써 초연하려 했던 당신

이제는 이승의 모든 인연 내려놓고
편히 떠났으면 좋겠다
여보 잘가

오랜 시간 같이 있어줘 고맙고
허접한 세상 살다 가느라 애썼다

부모님 전상서

우리 어머니와 아버지에게도
꿈이란 게 있으셨습니다

두 분은 사랑을 해서 결혼을 하셨고
나와 위로 누님 두 분과 형님 한 분을 낳으시면서
그 꿈은 종적을 감추었을 겁니다

계절이 수십 번 바뀌면서
우리 사 남매는 성장을 하여 독립을 하였고

언제부터인지
두 분께서는 무엇인가를
만지작 만지작 하시기 시작하셨습니다

높고 견고한 현실이라는
벽에 매몰되었던 그 꿈이었습니다

수십 년 당신들의 존재를 망각한 채
사 남매를 위해 희생을 강요당하신
두 분의 소중한 꿈

응원합니다

건강하게 오래 오래
우리 사 남매 곁에 남아서
펼쳐보지 못한 꿈 이루어 내시길 기도하겠습니다

당신들은 영원히
우리 사 남매의 소중한 꿈이십니다

다짐

당신의 십 년 또는 이십 년 후를
상상해 본적이 있으신가요?
지인들과의 소박한 술 자리에서
누군가 나에게 던진 물음이었습니다

미래를 횡단하는데는
그리 오랜 시간이 소요되지 않았습니다

어느 하늘아래
누구와 어떤 모습으로
무슨 일을 하며 살아가고 있을지
나 또한 긍금했습니다

허나 분명한 건 조작된 행복에 길들여진
이 도시를 떠난다는 사실입니다

구름이 쉬어갈 수 있는 완만한 언덕에 움막을 짓고
낮에는 텃밭에서 땀을 흘리고
밤에는 별을 세며 살고 있을 겁니다

이따금씩
바다가 그리우면 허옇게 거품을
쏟아내는 바다를   을 것이고

이따금씩
사람이 그리우면
대학로 소극장을   을 것이며

이따끔씩
벗들이 찾아오면
풀벌레 소리 그윽한 저녁을 대접할 것입니다

그렇게 그렇게
잘 여물어 갈 것 입니다

금주를 해야 하는 이유

금주를 해야하는 이유는 단순명료하다
술로 인한 관계 균열 즉 갈등을 의미한다
이러한 갈등은 부부 가족 벗 지인등 여하를 막론하고
언제 어디서든 발생할 여지가 충분하다는 것이다
먼저 술에 대한 철학을 지적하지 않을 수 없다
사람들 성향에 따라 술에 대한 철학이 다르겠지만
대부분 환경이나 학습 가치관 부재에서 만들어 진다
기분이 상쾌할 만큼 마시는 걸 의지화 하는 사람이 있는가 하면
만취를 선호하는 사람 또한 있다.
본인의 삶이니 선택 또한 본인의 마음이다
만취를 격려하거나 응원하며 기특하다고
별 다섯 개를 줄 수 는 없다
문제는 술의 빈도가 아니라 술의 양이다
잦은 음주도 여러 해악을 초래하지만
과하게 복용하면 기본적으로 감정제어 및 이성적 판단에
오류기 생긴다 용기와 대범함이 하늘로 승천하니
실수가 만발한다는 것이다
중요한 것은 술을 과다 복용 후 빚어진 엄청난 상황에 대한 인정이나
뉘우침이 전혀 고려되지 않는다는 점이다
결국 비정상적인 판단은 상호간 앙금만 남긴채 종결되어지는
경우가 왕왕 있다
다툼의 근본은 술이다
과한 것은 부족함 만 못하다
배부르면 식탁에서 물러나야 한다
이기지 못할 싸움은 처음부터 하지 않는게 현명한 전략이다
건강하지 못한 음주 문화는 미래를 위해 반드시 삭제되어야 한다
음주의 궁극적인 목적인 화합 불통해소 자기위로 라는 점을 간과해서는
안될 것이다
금주가 제어되지 않는다면 가급적 술자리는 삼가야 하며
술자리에 참여를 해도 빠른 시간내
가정으로 복귀하는 것을 추천한다
술자리는 대략 2시간 정도 소요되나

장소와 인원 파트너에 따라 2시간이 4시간이 될수도 있고
10시간이 될 수도 있다
허나 더 중요한 것은 음주 이후의 시간은
모두 폐기되어 진다는 점이다
누구를 위한 술자리인가?
음주로 인해 매몰되는 나의 고귀한 시간들은
어디서 보상 받을 것이며
술자리로 인해 균열된 관계는 어떻게 치유할 것인가?
돈독함을 친숙함을 추구한 술자리가
결국에는 후회와 상심의 자리로 얼룩지게 되는 상황을
당신은 원하시나요?
성찰이 정지된 인생은 성장을 기대할 수 없습니다

명심해라

성공한 네가 떠드는 소리는 명언이 될 것이나
실패한 네가 떠드는 소리는 개소리가 될 것이다

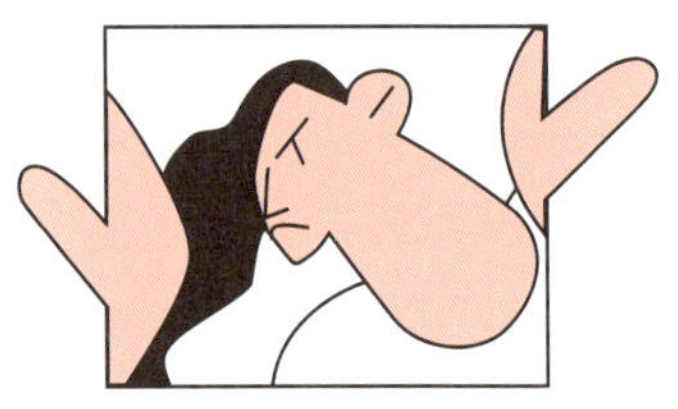

이별

이처럼
사랑이 짐이 되고
상처뿐인 줄 몰랐어요

이별도
사랑의 일 부분 이라면
겸허히 받아드릴께요

이제
당신을 보낼 시간이 온 듯싶네요

편안한
이별이 되었으면 좋겠어요

이별보다
더 아픈 것은 그리움이래요

누군가를 만나면
내가 못 다해 준 사랑까지 해달라 하세요

잘가요
그리고 고마웠어요
사랑해줘서

황천 예약

술은 가급적 피하시는게 좋습니다
담배는 당연 사절이구요

운동은 절대 필수이며
음식 문화는 반드시 개선하셔야 합니다

니미랄
삼시세끼야
그걸 누가 모르냐

슬리퍼

작은 꿈

밥 숟가락쯤 뜨시는 분들 께서는
간간히 이런 말씀을 하십니다

부는 욕망이며
척결의 대상이라고

거들먹대며 주절되고는 합니다

욕심은 화를 잉태하고
끝내는 사망에 이르게 된다며
목에 핏대를 세워가며 간증하십니다

가진자 들의 위세인가?
가진자들의 위선인가?

우리들의 작은 희망이
마치 허세인 양 부끄러워지는 순간입니다

그들의 알량한 편견은
우리들을 우울하게 합니다

그렇다해도
우리도 한번쯤은 부를 쟁취해
부를 능멸하고 가난을 치하하고 싶습니다

같이 있고 싶어요

넘칠만 큼
찰랑찰랑하게
머그잔에 가득 커피를 채웠어요

이 커피를 마시는 시간만큼은
당신의 노예가 되고 싶어요

천천히
아주 천천히
당신과 오래 오래 있고 싶어요

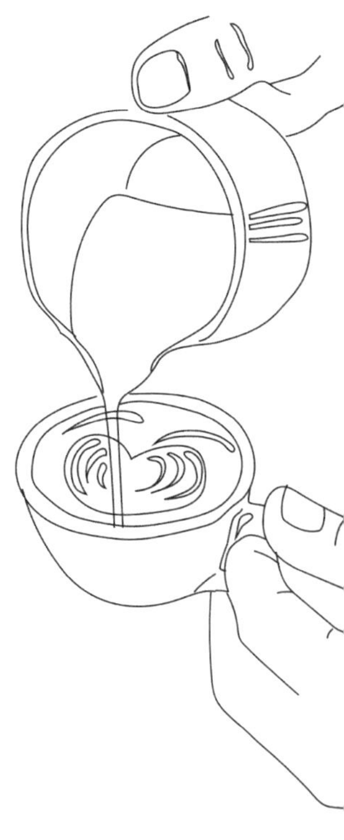

무관심

사진을
촬영해 봅니다

귀가 잘 보이도록
아주 선명하게

근데
어쩌지

소리가
들리질 않아요

사랑했어요

이 밤이 지나면
내 사랑하는 사람은

내 곁을 떠나
나 아닌 다른 사람에게로 떠나갑니다

지켜줄 수 없는 사람이었기네
더욱 더 가슴이 아픕니다

못견디게
많이 보고 싶고
그리울 겁니다

여기까지가
당신과의 인연이었습니다

내 생애 마감하는 그날까지
그대 행복하길...

바라기

내게 사랑하는 힘을 주시어
한 시라도 못 보면 마치 눈이 멀 것 같은 애틋함을 주소서

내게 선과 악을 식별할 줄 아는 힘을 주시어
내가 머문 자리가 부끄럽지 않게 하소서

내게 약진하는 긍정의 힘을 주시어
모든 사물을 사랑과 감사의 눈으로 바라보게 하소서

네게 용서의 힘을 주시어
남의 잘못을 나의 잘못으로 안고 살아갈 수 있게 하소서

내가 아는 모든 이들에게
따뜻한 마음을 가꿀 수 있는 뜰을 고루고루 나누어 주소서

책임

고요한 강물에 돌 던지지 마세요
책임질 수 없다면

소리가 나질 않습니다

이 소리도 아닙니다
저 소리도 아닙니다

된 사람은
소리가 나질 않습니다

사전 장례

내 먼저 출발하니
쉬엄쉬엄 살펴 오시구려
내 곱게 꽃단장하고 마중 나감세

이제 후련하네
볼 것
못 볼 것
할 것
못 할 것
다 보고 해 보았으니
미련도 후회도 없네

여기
추억을 남기고 떠나네

오랜 시간 동락해준
나를 아는 모든 이들에게
고맙다는 말 전하며

이처럼
아름다은 작별을 할 수 있어
참으로 눈물겹네

그동안
고맙고 감사하고 사랑했네

가을을 분양합니다

가을을 분양합니다

청명한 하늘과
하늘거리는 바람
고즈녁한 공원의 긴 나무 벤치와 낙엽

그리고
눈부신 가을 햇살은
덤으로 드립니다

사랑하는 사람과 함께
가을 정취를 느끼며 걸을 수 있는
흰 자작나무 숲길도 준비했습니다

가을이면 가을 몸살을 앓으시는 분들
가을 시 한두 편 정도 꽤 차고 계시는 분들

또는
누군가에게 손 편지 한 장
적어 보낼 수 있는 가을 감성을 가지신 분들께는
특별한 혜택을 준비했습니다

가을의 길목에서
당신을 초대합니다

올 가을의 테마는 사랑입니다

전화문의
1588-등화가친

된장찌개 맛있게 끓이는 법

오늘은 된장찌개를 끓여 보도록 하겠습니다
조리하시는 분들의 취향에 따라 다소 조리법이
다를 수 있다는 점 먼저 말씀드립니다

된장찌개는 된장 본연의 맛도 중요하지만
감칠맛 나는 육수를 준비하시면 더욱 더
깊은 맛을 낼 수 있다는 점 참고하시길 바랍니다

뚝배기 그릇 허리춤 보다 약간 밑 부분까지
준비하신 육수를 붓습니다
[국물을 많이 잡으시면 된장국이 됩니다
그리고 된징찌개는 육수를 적게 잡아서
자박자박 진득하게 끓여 드시는게 맛있습니다]

준비하신 육수를 팔팔 끓이신 다음
체에 거른 된장을 살포하시고 준비하신 각종재료
[다진마늘 호박 감자 우거지 파 버섯 청량고추 두부]를
두서없이 마구잡이로 투하 하십니다
체에 거르지 않고 덩어리 된장을 넣어도 괜찮습니다
끓이면 풀어지기도 하지만 된장 알갱이 씹히는 맛도 굿입니다

감자는 적게 넣으시는게 좋습니다
감자에서 전분이 나와 국물 맛이 깔끔하지 않습니다
국물 요리는 센 불에서 한소끔 끓이신 후
약한 불에서 진득히 끓여 주셔야 깊은 맛을 느끼실 수 있습니다

지금까지 된장 찌개 끓이는 방법을 소개해 드렸습니다

살아보니 우리네 인생살이도
된장찌개 끓이는 법과 별반 다를게 없네요
된장찌개도 된장 하나만으로는
된장찌개 맛을 낼 수 없는 것처럼 말입니다
더불어 사는 세상
서로 상처주지 말고 어을링 더울링 잼나게 살아봅시다

미친 놈

매 앞에 장사 없고
긴 병 앞에 효자 없으며
돈 앞에 양심 없다

돈 없어 일가족 동반 자살은 있어도
돈 많아 일가족 동반 자살은 없다

돈을 돌처럼 보고 살아라?
확C
우C

참새가 웃고 가겠다

원초적 분수

고성능 스포츠카와
자전거와 경주하면 누가 이길까요?

뱁새가 황새따라 가다
가랑이 찢어집니다

분수를 알고
분수 껏 삽시다

정신 차리세요

돈이 없으니
많이 불편하시죠?

안 먹고
안 입고
안 쓰면 된다구요?

호랑이 이빨 빠지는 소리
보신각종 치는 소리 하시네요

표독한 무시 천대 차별 멸시 따돌림
어떻게 감당 하실래요?

운동화 헛 바닥 나왔는데
맨발로 워킹 시킬래요?

친구들 스테이크 먹을 때
옆에서 개 침 흘릴래요

돈 없어 심장 이식 못 해
내 새끼 죽어 나가도 딴 소리 하실래요

가난은 한입니다
토 달지 마세요

노안

노안인가 봅니다
안경을 벗으면

사물이 흐릿흐릿 해져
많이 불편합니다

세상을 보는 눈마저
어두워질까 심히 두렵습니다

사랑해서 안 될 사람은...

사랑하는 사람을
사랑한다 말하지 못함은

사랑해서 안될 사람을
사랑한 까닭입니다

사랑해서 안될 사람을
사랑한 까닭은

죽을만큼 사랑했기에
사랑했던 겁니다

깨불면 죽습니다

울 엄마는 한 손으로 운전할 줄 안다
울 엄마는 전화 통화하면서 한 손으로 운전할 줄 안다
울 엄마는 술 마시고 전화 통화하면서 한 손으로 운전할 줄 안다
을 엄마는 면허없이 술 마시고 전화 통화하면서
한 손으로 운전 하다 사고 나서 죽었다

여러분
깨불면 죽습니다
해야 할 일과
해서는 안 될 일 구분하며 삽시다

이
런
느
낌
2

발행일 ｜ 2025년 5월 30일

지은이 ｜ 정하경

발행인 ｜ 황유성

펴낸곳 ｜ 도서출판 유성

주　소 ｜ (우 03924) 서울시 마포구 월드컵북로 332-19
　　　　상안라이크3빌딩 201호

연락처 ｜ 070-7555-4614

E-mail ｜ youseong001@hanmail.net

등　록 ｜ 2019-000098호

정　가 ｜ 15,000원

ISBN 979-11-988954-2-4(03810)